CB068529

PRÍNCIPE PEDRO E O URSINHO

**para Amélie Giulia,
minha primeira neta**

*Esta obra foi publicada originalmente em inglês com o título
PRINCE PETER AND THE TEDDY BEAR, por Andersen Press.
Copyright © 1997 by David McKee.
Copyright © 2000, Livraria Martins Fontes Editora Ltda.,
São Paulo, para a presente edição.*

1ª edição
2000
2ª tiragem
2005

Tradução
MONICA STAHEL

Produção gráfica
Geraldo Alves
Paginação/Fotolitos
Studio 3 Desenvolvimento Editorial

Dados Internacionais de Catalogação na Publicação (CIP)
(Câmara Brasileira do Livro, SP, Brasil)

McKee, David, 1935-
  Príncipe Pedro e o ursinho / David McKee ; tradução Monica Stahel. – Monica Stahel. – São Paulo : Martins Fontes, 2000.

  Título original: Prince Peter and the teddy bear.
  ISBN 85-336-1291-5

  1. Literatura infanto-juvenil I. Título.

00-2760   CDD-028.5

Índices para catálogo sistemático:
  1. Literatura infantil   028.5
  2. Literatura infanto-juvenil   028.5

Todos os direitos desta edição para o Brasil reservados à
Livraria Martins Fontes Editora Ltda.
*Rua Conselheiro Ramalho, 330 01325-000 São Paulo SP Brasil
Tel. (11) 3241.3677 Fax (11) 3101.1042
e-mail: info@martinsfontes.com.br http://www.martinsfontes.com.br*

PRÍNCIPE PEDRO E O URSINHO

David McKee

Tradução: Monica Stahel

Martins Fontes
São Paulo 2005

– Príncipe Pedro, daqui a sete dias é seu aniversário – disse o rei. – Estou pensando em lhe dar de presente uma espada de prata.

– Não, por favor, meu senhor – disse o príncipe Pedro. – Eu quero ganhar um ursinho.
– UM URSINHO? – disse o rei. – HUMF!

– Príncipe Pedro, daqui a seis dias é seu aniversário – disse a rainha, no dia seguinte. – Tenho certeza de que vai gostar de ganhar uma coroa.

– Por favor, minha senhora, eu queria ganhar
um ursinho – disse o príncipe Pedro.
– UM URSINHO? – disse a rainha. – UUH!

– Daqui a cinco dias é seu aniversário, príncipe Pedro – disse o rei. – Aposto que gostaria de ganhar um cavalo branco.

– Por favor, meu senhor, eu queria ganhar um ursinho – disse o príncipe Pedro.
– GRRRRR! – disse o rei.

– Seu aniversário é daqui a quatro dias, príncipe Pedro – disse a rainha. – Que tal ganhar um trono para pôr no seu quarto?

– Por favor, minha senhora, eu queria ganhar um ursinho – disse o príncipe Pedro.
– AAAAAH! – disse a rainha.

– Só faltam três dias para o seu aniversário, príncipe Pedro – disse o rei. – Quer ganhar uma armadura?

– Por favor, meu senhor, eu queria um ursinho – disse o príncipe Pedro.
– IAUIUUUU! – reclamou o rei.

– Faltam dois dias para o seu aniversário, príncipe Pedro – disse a rainha. – Quer ganhar uma carruagem?

– Por favor, minha senhora, eu quero ganhar um ursinho – disse o príncipe Pedro.
– OOOOOH! – exclamou a rainha.

– Amanhã é o aniversário do príncipe Pedro – disse o rei. – O que vamos dar para ele?
– Ah, por favor, vamos dar um ursinho – disse a rainha.

– Feliz aniversário, príncipe Pedro – disseram o rei e a rainha. E eles lhe deram um presente muito pesado.
– Obrigado, meu senhor. Obrigado, minha senhora – disse o príncipe Pedro.

– É um ursinho – disse a rainha.
– Um ursinho de ouro – disse o rei.
– Obrigado, meu senhor. Obrigado, minha senhora – disse o príncipe Pedro.

– Boa noite, meu senhor. Boa noite, minha senhora – disse o príncipe Pedro, na hora de ir para a cama.
E levou o presente com ele.

– Ouro maciço – ele suspirou. – Que horror!
E o príncipe pôs o ursinho em cima da cômoda.
No meio da noite ele acordou ouvindo soluços. O ursinho estava chorando.
– O que houve? – perguntou o príncipe Pedro.

– Eu quero que alguém me abrace – fungou o ursinho.
– Mas você é duro e frio! – disse o príncipe Pedro.
– Eu sei – soluçou o ursinho. – Mesmo assim, eu gosto de carinho. Todo o mundo precisa de carinho.

– Então venha aqui – disse o príncipe Pedro. E ele abraçou o ursinho.
"É muito desconfortável", o príncipe pensou. Mas, depois de um tempinho, ele murmurou: – Que estranho, ele é meio macio, mesmo.

De manhã, o ursinho estava mais macio do que nunca.
– Você deixou de ser duro e frio – disse o príncipe Pedro, sorrindo.
– É porque você me abraçou – disse o ursinho.

Ao sair do quarto, o príncipe Pedro deu um abraço no rei e disse:
– Bom dia, papai!
– Oh, ah! Bom dia, Pedro – disse o rei, sorrindo.

Depois ele também deu um abraço na rainha e disse:
– Bom dia, mamãe!
– Bom dia, Pedro! – disse a rainha, sorrindo. – Como vai o ursinho?

– Muito bem, obrigado – disse o príncipe Pedro.
– O que você quer ganhar no Natal? – perguntou o rei.

– Ora, papai – disse o príncipe Pedro, sorrindo –, coma logo os seus cereais, antes que eles amoleçam muito.

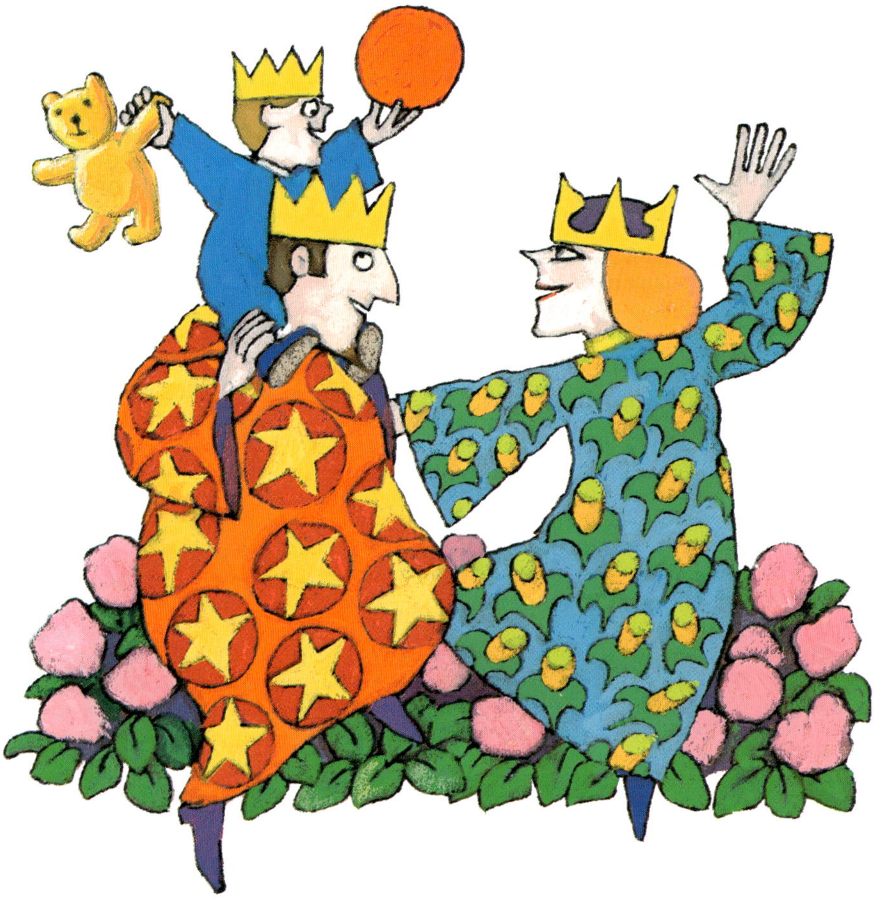

IMPRESSÃO E ACABAMENTO:
YANGRAF Fone/Fax: 6198.1788